KB196239

아가의 꿈

아가의 꿈

강상구 동시집

초판 1쇄 발행 | 2024. 11. 25
초판 3쇄 발행 | 2025. 1. 15

발행처 | **Human & Books**
발행인 | 하응백
출판등록 | 2002년 6월 5일 제2002-113호
서울특별시 종로구 삼일대로 457 1409호(경운동, 수운회관)
전화 | 02-6327-3535~7, 팩스 | 02-6327-5353
이메일 | hbooks@empas.com

ISBN 978-89-6078-783-4 03810

아가의 꿈

강상구 동시집

글을 통한 소통과 힐링

글을 쓴다는 것은 나를 드러내는 것이다.
속마음을 글로 표현하고 다른 이들에게도 공개하는 것이다.

조금은 부끄러울 수도 있다.
나만 나를 공개한다는 것은 손해 본다고 생각할 수도 있다.

그러나 나를 여러 불특정 다수에게 공개함으로써 나의 욕심을
버릴 수 있다. 스스로 겸손하게 된다.

욕심을 버리면 더 많은 것을 얻는다.

손을 꽉 쥐고 펴지 않고
움츠리고 있으면 다양한 의견을 수용할 수가 없다.

곁을 내주지 않으면 친구도 동료도 가까이하기 힘들다.

한 달에 한 편 정도 글을 써서 주위 분들에게
나의 소식을, 내면을 알려 왔다.
많은 분들이 호응해 주시고 격려도 해 주셨다.

주로 나의 일상과 계절의 변화, 자연의 섭리와 신비 등이 주제이고 소재이다.

누구나 시인이 될 수 있다.

조선 중기 문신 박제가는
'하늘과 땅 사이에 모든 것을 글로 옮기기만 하면 된다'고 하였다.

거의 매일 오르는 전남도청 뒤 오룡산은 가장 많은 소재를 준다.

딱따구리, 뻐꾸기, 우거진 숲, 대나무, 천사 섬,
신안 바람 소리, 진달래 꽃, 철쭉, 계곡물 등등

지금은 손 편지보다는 카톡이나 메신저 시대이다 보니 주로 카톡을 이용한다.

글을 통해 여러분들과 소통하고
아울러 내 스스로 엔돌핀을 받고 나누는 일석이조의 이익이 실현되는 것이다.

졸작이지만 지금까지 성원해 주시고 사랑해 주신 분들께 감사 드린다.

유라시아 대륙 땅끝은 나에게 특별한 곳이다. 해남에서 공직 생활하면서 박병두 작가를 만났다. 박 작가의 부추김으로 시를 다시 생각했다. 삶의 애환은 언어로 자라났고, 망각의 세계 저편에 숨어 있던 아스라한 기억은 다시 소환되어 생생하게 다가왔다.

이 시집이 나오기까지 많은 분들이 응원해 주셨다. 감사를 드린다.

남악에서
훈담(薰潭) 강상구

해맑은 소년의 소식

강시인은 항상 소년의 모습이다.

늘 소년처럼 순수함을 지향하고 지금은 고향 발전을 위해 노력하는 모습이 든든하다.

언젠가부터 이따금 카톡을 통해 아름다운 자연의 사진과 함께 보내오는 시를 접하게 되었다.

그의 시는

청아한 가수의 목소리처럼 간결하고 분명한 선율의 글을 통해 짧은 순간 영혼이 맑아짐을 느끼게 한다.

새벽을 노래하고 하늘과 땅의 아름다운 모습들이 모두 시의 소재이다.

낮잠을 깨우는 참새 소리, 들판의 개구리, 봄을 알리는 매화꽃, 벚꽃 그리고 우리의 일상에서 맞닥뜨리는 감정들까지….

매일 출근 전 심신단련을 위해 등산을 하면서 접하는 사시사철 자연의 변화도

아낌없이 아주 쉬운 언어로 나에게 선물로 다가왔다.

기획재정부에서 근무 시절 늘 나의 어려운 문제를 해결해 주는 만능인이었다.

사무실 일부터 때론 소소한 일까지
늘 함께 한 동생 같은 존재였다.
늘 부지런하고 주위 동료들 사이에서도 항상 봉사하듯이 열심
이었다.

기획재정부 산악회 총무 역할도 솔선수범하면서 전국의 명산을
함께 누빈 적도 있었다.
산을 사랑하기에, 자연을 사랑하기에 이런 순수한 모습을 간직
하고 있는 것 같다.

늘 변함없이 매월 한차례 이상은 소식을 접하게 되므로 자주 만
나지 못해도 항상 곁에 있는 듯 친근하다.
이것이 일종의 마력인 듯하다.

순간순간 아동의 순수함의 세계로 빨려 들게 하는 묘한 힘이 있다.
글을 통해 소통하고 같은 공간을 공유하는 것이다.

이제는 고향 발전을 위해 서울과 세종을 바삐 오가는
강 시인에게 응원의 박수를 보낸다.

전 국무조정실장(장관) 구윤철

차례

호수의 오리들

우향우 좌향좌
방향도 틀어보고

일사불란하게
학익진도 펼쳐보고

이순신 장군의 한산도대첩을
공부하나?

공군의 전투대형을
공부하나?

개중에 말썽꾸러기는

김연아 언니의 피겨 폼을
흉내 내다 혼이 납니다.

메타세콰이어 가로수길

봄에는
봄 처녀처럼 수줍어하며
파릇파릇한 옷을

여름에는
상큼 발랄 아가씨처럼
초록색 옷을

가을에는
갈색 옷을 입고

겨울에는 하얀
솜사탕 같은 옷으로
치장을 하네요

오늘도
수줍은 아가씨의 모습으로

어느덧
내 곁에 다가선
추억 어린 나의 길

초승달

이제 갓 피어나려는
꽃망울처럼

수줍은 듯 두려운 듯
눈을 깜빡깜빡 거리는
귀여운 우리의 친구

오늘따라
수줍고 수수한 모습이

속눈썹을 좀 작게
그렸나 봅니다

새싹

여기저기 파릇파릇
솟아나는 새싹

지난겨울
이별을 알리고
사라졌건만

동토의 기나긴
어둠을 뚫고

새로운 삶을 위하여
어김없이
부활하는 생명이어라

그래 기어코
살아 돌아왔단 말이지!

동창생

난 너의
비밀을 알고 있지

너도 나의
그 은밀한 비밀을
기억할까

초딩 시절
두 줄 흐르는 콧물과

수업 시간 실례한
부끄러운 역사를

그러기에 우린
동창생이라네.

친구여
우리끼리만 알고
끝까지 갈 수 있을까?

운동회

청군 이겨라
백군 이겨라

백 미터는
왜 이리 머나요

아무리 달려도
제자리걸음일세

매스게임 시간에
나무젓가락 너머로 잡은
영희의 어여쁜 손

아름다운 오월
아이들의 함성과 함께
그리운 잔영으로 스치웁니다.

꿀잠

잘 자라 우리 아가
세상모르고
업어가도 모르는

꿈의 세계에서
앞으로 살아갈 인생도
경험하고

천 길 낭떠러지
떨어지니
키도 훌쩍 커보고

엄마 여기가
어디야?

아가의 꿈나라

새록새록
엎치락뒤치락

엉덩이를 하늘로
우주로 날려 하나

두 주먹을 불끈
벌써 싸움질에
장군이 되시려나
천 길 낭떠러지에 올라섰나
깜짝깜짝 놀라네

금세 방긋 웃다
손을 더듬더듬 더듬이
무얼 그리 찾으시는지

조그마한 입술을 쪼옥 쪼옥
배고프신가 봐요

아무 예고 없이 우는 고놈
에이 똥 쌌네그려

그만 일어날 때가 되셨네요
나의 천사여

호수의 물결

잔잔한 호수 위에
돌을 던지면

퐁당 퐁당 놀란 듯
수많은 동그라미의 파장

잔잔히 불어오는
봄바람에는

은은하게 넘실거리는
은빛 비단 물결

자연의 섭리에
거스르지 않고

바람에
주어진 운명에
순응하는 호수의 물결처럼

모든 슬픔과 기쁨
너와 나를 포용하며
살고 싶구나.

호수 한가운데 오리는
예쁜 궁둥이를 하늘로 하늘로
무얼 찾고 있느뇨.

부르릉 부르릉

부르릉 부르릉
아침이다

청소차 아저씨
새벽을 깨우시고

부르릉 부르릉
출근해야지
세종에서 서울로
서울에서 세종으로

영희야 철수야
너희도 이제 일어나야지

기말고사
기간이잖아

사랑하는 나의친구

사랑하는 나의친구
지금쯤은 어디메뇨

코흘릴적 그대롤까
어떤모습 보여줄래.

항상웃던 너의모습
이제까지 간직할까

다시보고 보고싶은
어릴 적에 말썽쟁이

이젠정말 멋진신사
의젓하신 아빠겠지

이사가는 날

정들었던 나의 집
짐을 꾸려 떠나네

돌아보고 돌아본
그동안의 흔적들

발걸음을 붙잡는
내 마음의 보석들

안 가면은 안 되나
사랑하는 친구야

떠나가는 아쉬움
다시 만날 날이여

이제부터 새로운
보금자리 찾아서

두 손 모아 힘차게
나아가려 합니다.

강아지풀

딸랑딸랑 한들한들
여유롭게 주인 따라

건들건들 촐랑촐랑
장난치며 언니 뒤를

엉금 엉금 슬렁슬렁
호랑이를 흉내 내다

이놈 한번 맛 좀 봐라
개구쟁이 돌팔매질

아이고야 똥개 살려
나 살려라 성아야~

한가위

들떠
잠이 안 와?

그래도 자야지
자라 자

고향 계신
일가친척

친구들
만나려니

들뜬 맘
가눌 길 없네

거미줄

부지런도 하구나
얼기설기 설기얼기

그래 기다려보자
누가 이기나

눈먼 친구 걸리면
우리 새끼 밥

쫌만 기다려라.
아가들아

요리조리 조리요리
아무도 안 오는데

언제까지 기다릴까
이내 마음속 타네.

경계

한 발자국만
옮겨봐

손가락 하나만
뻗어봐

내가 너이고
네가 나인걸

우리 사이에
경계란

아무것도
아닌 것을

딱 걸렸어

이리 와
딱 걸렸어

나의 집에
나의 거미줄에

해 뜰 때부터
해 질 때까지
얼마나 기다렸는데

거기
그대로 있어

도망가지 마
넌 이제 내 거야

미안해

푸드득 푸드득
놀란 가슴

새벽안개
발자국 소리에

화들짝 날아가는
물오리

미안해 미안
내가 너의 잠을 깨웠구나.

은행

저금하는 거 말고
그거 노오란

징코민 있잖아
이순재 아저씨

밟으면 그
구수한 내음의

지금 그들의
향연이야

하늘을 온통
노오란 세상으로

덮어버렸다니까

가을향기

볼가에 스치는
따사로운 입맞춤

이제 가면
내년에 다시 오련만

안 가면 안 되니
가을의 향기야

진한 모과 향기라도
내방에 두면 널 붙잡을 수 있겠니!

첫눈

숨바꼭질하시는 감
왔다는데 내렸다는데

나 몰래 다녀간
첫눈

무효야 무효
다시 오셔요

잠결에 도둑처럼 오시면
어떡하라고요

다시 와야 해요
정식으로 꼬옥!

아빠

뭐가 그리 바쁘신지
잠도 못 주무시고

뭐가 그리 바쁘신지
새벽 기차에서 쿨쿨

뭐가 그리 바쁘신지
쉬지 않고 달리시는

뭐가 그리 바쁘신지
우리 잠든 시간에

뒤꿈치 치켜들고
도둑처럼 들어오시네.

아빠!
오늘은 고만 쉬세요.

겨울비 우산 속

토독 토독
타닥 타닥

울 언니 동생 위해
콩 볶는 소리

저 멀리 큰엄마
다듬이질 소리인가

겨울비 우산 속
비 오는 소리

눈꽃

겨울날 정원에
하아얀 꽃잔치

삭막한 계절에
외롭지 않도록

정겨운 목화 향
사랑의 손길로

따스한 솜이불
다독여 주시듯

예쁘게 곱다곤
모양도 내시고

살짜기 모아서
이불을 삼을까

아히야 살포시
만져나 보꾸나

화로

톡톡 탁탁
고소한 내음

할아버지 할머니
무릎에 앉아

군밤 굽는
초가집 아랫목

이리 와 우리 손자
너도 한입 해야지?

목련의 꿈

슬슬 외출을
준비해 볼까

고개 살짝 내밀어
염탐해 봅니다.

아잇 추워
며칠 더 기다려야지

따스한 해님이
반겨주시면

저고리 꽃단장
나들이 갈래요

까치집

영차영차
엮어보세

우리새끼
낳을둥지

폭풍우가
몰아쳐도

끄떡없을
보금자리

까악까악
까악까악

꽃샘추위

그냥 지나가면
안 되나요

좋은 일에 꼬옥
시샘이

봄바람이
성큼인가 싶더니

역시나
꽃샘추위야

그래 그래야
더 예쁜 봄이 온다 이거지

그냥은
못 가겠다 그거지?

기러기의 꿈

승리의 브이 자로
하늘을 가로질러

앞서거니 뒤서거니
날아가는 우린하나

국경 넘어 경계 넘어
꿈을 안고 희망을 향해

바람 따라 세월 따라
흘러 흘러가는 대로

가자 가자 어서 가자
쉼 없이 지구 끝까지

우리의 작은 소망
이룰 때까지

살얼음

살며시 가볼까
유리 위를 걷는 듯

깨질까 부서질까
살금살금 탐색하듯

썰매를 지치다
이내 풍덩이네

그럴 줄 알았지
메기 잡을 줄 알았어

아가 아가
거긴 가지 말랬잖아

솜털 구름

옅게 두른 구름은
솜털 이불

쌔근쌔근 아가를 위한
사랑의 선물이리.

잘 자라 잘 자라
귀여운 천사여

따사로운 햇살에
어여쁜 왕자님

지나가는 참새도
자장가를 부르네.

싫어 싫어

싫어 싫어
일어나기 싫어

싫어 싫어
더 잘 테야

이불은
나의 보금자리

베개는
나의 친구

떨어질 수 없는
지남철

절대
깨우지 마요

냇가 빨래터

첨벙첨벙
저리 가 아가야

철썩철썩
빨래 젓기에 바쁘신데

동그란 비눗방울에
빠져 노는 아이들

엄마는 맘이 급한데
아는지 모르는지

얼른 가서 우리아가
밥해야 하는데

아무것도 모르고
천진난만 첨벙 첨벙

물동이

출렁출렁 뒤뚱뒤뚱
넘어질듯 쏟아질듯

천방지축 따라가는
개구쟁이 막내아이

덩실덩실 잘도간다
어찌그리 신기한지

우리식구 아침으로
밥도짓고 세수하고

가자가자 어서가자
초가삼간 우리집에

빗소리 뒤에

살며시 스을쩍
우거진 녹음들

우리가 잠들때
빗소리 뒤에서

모올래 준비한
수려한 풍경화

언제나 보아도
질리지 않는너

진달래의 향연

뒷동산의 연분홍
수줍은 듯 자랑을

찰깍찰깍 찍으면
얼굴들을 가리네

화려한 듯 수수한
새아씨의 단아함

내년에도 꼭 봐요
이 자리서 알았죠?

딱따구리

다다 다다닥

오늘 먹을
양식을 찾아

따따따 따딱

우리 새끼들
둥지를 찾아

좀 쉬라
입 아프잖니!

아카시아

형아
가위바위보 띵

토끼야
너도
가위바위보 띵

어서 어서
많이 먹고

무럭무럭
자라야지

제비

차곡차곡
집을짓자

처마아래
튼튼하게

못자리에
흙을갖다

우리흥부
부자되게

지지배배
지지배배

쑥

세찬
비바람에도
쑥

햇님의
사랑을 받아
쑥

자고 일어났더니
또 쑤욱—쑥

매일매일
다르단 말이지
넌

바로 너 말이야

무논(물논)의 벼

바람이 부는 대로
구름이 가는 대로

요리조리 춤추어도
뿌리는 튼튼하게

석양이 지더라도
내일이 있기에

부디
편안하게 쉬거라
내 새끼들

풍년을 기리며
결실을 꿈꾸며

풍선

새록새록
잠든 아가

쌔근쌔근
잘도 잔다

어여삐 작은
코 풍선을 타고

꿈과 희망의
나라로
여행을 가나 보다

쌔근쌔근
쌔근쌔근

아침이슬

지난밤 꾸중에

또옥똑 흘린
똘이의 눈물이

아침 이슬로
되었나

내일은 안 울게요.
다시는 안 그럴게요.

둥둥둥둥

둥둥 둥둥
북소리

옆집 순이
만날 생각에 둥둥

내일
시험 볼 생각에 둥둥

소풍을
하루 앞두고 둥둥

누가 내 맘
보고 있진 않겠지?

오리 세 마리

앞마당 뒷마당
개구쟁이 친구들

푸드득 빗물에
우리들의 목욕시간

하나 두울 셋
한나 두울 셋 넷

가만 가만
움직이지 마요

애들아
셀 수가 없잖니!

아가의 꿀잠

요리조리
뒤척이다

쌔근쌔근
잘도잔다.

우리아가
깰까말까

매미울음
멈추어라

개구리도
동작그만

구름 사탕

솜털 같은 구름
달콤한 솜사탕

둥근 모양 양 떼 모양
만져보아요

빨리 따다
울보 동생 주고 싶은데

아무리 내밀어도
닿지 않아요.

알밤

후드득 후드득
톡톡 톡톡

피해라 막내야
머리 난봉날라

호주머니 터질 듯
가득가득히

머리는 아파도
신이 나네요.

도란도란 부뚜막
군밤 생각에

콩닥콩닥

누이몰래
슬쩍먹다

형아몰래
숨기려다

아빠몰래
도망가다

왜이리도
뛰는거니

콩닥콩닥
콩닥콩닥

단풍나무

봄엔
파릇파릇

여름엔
푸릇푸릇

가을엔
울긋불긋

겨울엔
하얀 고깔

사시사철
옷이 네 벌

고드름

우리집의 처마에도
토끼막의 지붕에도

주렁주렁 메어달린
우리 동생 장난감들

낮동안엔 햇살아래
땀 열심히 흘리다가

밤만되면 이상하게
키가자꾸 커지누나

무얼먹고 자라는지
잠 안자고 지켜볼까

매화

하아얀
눈밭 사이를

극구 비집고
나온 눈꽃

철모르고 나온 너
마냥 해맑은 미소에

야단칠 수가
없구나.

설마 벌써 봄소식을
알리러 온 거야?

가로등

모락모락
굴뚝 연기 속에

차례차례
어둠을 밝혀가는

우리 동네
골목 지킴이

비가 오나
눈이 오나

우리 누나 하굣길
지켜주네요

꽃비

마을 뒤
뚝방길엔

하아얀 꽃비가
내립니다.

두 팔 벌려
천진난만
온몸을 적시니

어느새
나는 꽃이 됩니다.
꽃은 내가 됩니다.

그림자

등굣길에서
하굣길까지

때론 커졌다
작아졌다

하루 종일
나만
따라다니는 넌

분명 내 친구

오늘도 같이
출발해 볼까?

합창

개굴 개굴 개굴
굴개 굴개 굴개

아니 아니 아니
다시 한번 해볼까?

개굴 개굴 개굴
굴개 굴개 굴개

또오 또 틀렸네요

우리 아가들이
잠을 자야 하니

내일 다시 만나
연습해 볼까 ?

초가지붕

초가지붕 처마에
고사리손 내밀며

언제서야 그칠까
동동이는 눈동자

저어만치 동무들
기다리는데…

무심히도 내리는
빗방울 눈망울

간밤에 눈

간밤에 온 세상이
하얗게 변하다니

꿈속에서 기다리던
화이트 크리스마스

아무도 모르게
기쁜 소식 주려고

그토록 조용조용
사뿐히 내렸구나

아침이슬

또로록 또로록
어여쁜 은구슬

만지면 톡하고
터져버릴까

살랑살랑 바람 따라
떨어질세라

그대로 동생에게
줄 수 없을까?

개울 속에

투명한 거울 속
귀여운 얼굴

두 손 모아 뻗치어
한번 잡아볼까?

소꿉친구 순이의
투명한 마음처럼

금세
잡힐 듯 말 듯
장난꾸러기

풀벌레 소리

찌르르 찌르르
소리에 맞추어

찌르르 찌르르
음악에 맞추어

흥겹게 합창을
노래해 봅니다.

우렁찬 풀벌레
울음에 힘입어

들판의 나락도
영글어갑니다.

홍시

저만치 높이 매달린
어여쁜 홍시

지날 때마다
입맛을 다셔본다

행여 누가 먼저
따먹으면 안 되는데

오늘은
형아를 졸라
기필코 따고야 말 거야

가을의 소리

사삭사삭 연인들의
낙엽 밟는 소리

우두둑 우두둑
바람에 밤 떨어지는 소리

툭툭 툭툭
우리 가족 감 따는 소리

짹짹 짹짹
풍년을 알리는
분주한 참새 소리

말똥말똥
철이의 눈에
가을은 어떤 소리일까요?

보름달

달은 무얼 먹고
저리 예쁜 달로 자랄까

아가의 눈썹 같은
초승달이

어느덧
동그란 보름 달로

매일매일
달을 보며 기도하는

우리들의 소원을
차곡차곡 쌓고 쌓아

저렇게
예쁜 달이 되었나 봐요

양파의 눈물

몇 겹이나 되는고.
신기하고 오묘하다

깊을수록 하얗고
벗길수록 순수한 게

예쁘기는 하는데
매웁기도 하는구나.

우리아가 기어코
울게 하는 양파로다

벚꽃

나뭇가지마다

풍성하게 열린
하아얀 과자

톡톡톡 톡 여기저기
터지는 소리에

친구들아!

우리 함께
팝콘 따러 가지 않을래?

참새 떼

뒷마당 짚 비늘에
옹기종기 모여앉아

온 가족이 사이좋게
짹짹 짹짹 노래하네.

개구쟁이 철이는
노는 꼴을 못 보고

한 마리 잡아볼까
요리조리 장난치다

제풀에 지치더니
부지깽이 날려본다

호박꽃의 변신

암꽃 수꽃
앙증맞은 속삭임에

조그마한 호박이
덩그러니 나왔다

딱 막냇동생
그것만 한 것이

뜨거운 태양
거친 비바람에

이내 누런
어미 호박이 되었다

버들강아지

성질도 급한
우리 강아지

톡톡톡 고개 내밀며
봄을 알리네

살랑살랑
꼬리 치며

시냇물 흐르는
소리에 맞추어

춤을 추는

우리의 귀염둥이
버들강아지

꽃망울

올망졸망
꽃망울

무슨 생각
일까요.

오늘!
아니면 내일!

화려한
외출을 위해

화장을 고치고
옷을 가다듬고

이제
슬슬 나가볼까?

숨바꼭질

억새
사이사이로

요리조리
숨바꼭질하는
참새 떼

짹—짹—짹—짹
나 잡아봐라!

아무 고민 없는
너희는

방학 숙제도 없니?

다람쥐와 눈치싸움

금강산 쉼터 가는 길
탐스러운 밤송이 한 개가
눈길을 끌었다

바로 옆에 다람쥐는
자기 것인 양 못내 못내
자리를 맴돈다.

추석 때면 성묘길에
맨손에 가시 찔리는 것도
아랑곳없이 밤송이를 까서

호주머니 터지도록
담아오곤 했던 추억에
이내 양보를 못하겠다.

토실토실 큰 알밤 하나

집에 와서 딸아이와
콩 한 쪽 나누듯
나누어 먹으며

이거 다람쥐한테
까주라 했으면

걔가
절반 나눠주라 했을걸?
♡♡♡

늙은 호박 하나

거실에

깊게 주름진
늙은 호박 하나가
자리했습니다.

껍질을 벗겨

맛있는 호박죽과
호박떡을 만들어 먹던
기억이 납니다.

따스한 아랫목처럼

부모님의
지긋한 사랑이
생각나는 겨울이
다가옵니다.

뒷동산 풍경화

밤사이
분명 누가 그린 거야

짙푸른 소나무
연녹색 상수리나무
보랏빛 오동나무 꽃

종달새의 발자국

아 거기에
새들의 지저귐 소리까지

넌 누구니?

대밭에 가면

귀를
쫑긋하지 않아도
들리는

댓잎의 속삭임이 있다

눈보라와
비바람과
폭풍우를 헤치고

서로가 더 크다고
부비부비 뽐내며

내가
하늘과 더 가깝다고 자랑하는
친구들의
아우성이 있다

윙크

아가의 윙크가
내 맘을 녹인다.

아이스크림같이
달콤한 너의 윙크

정신이 없다.

오늘 하루의
엔도르핀이다.

눈 속에

밤사이
내린 눈에

동백나무 소나무
까치집까지

눈 속에
파묻혀버렸다

솜털처럼 포근한
눈 속에 숨고 싶은
모양이다

오랜만에
잠을 자려는 모양이다

봄이다

코끝에 스치는 바람이
홍매화의 향기를 머금으면
봄이다

등산길
겨우내 얼었던 땅이 녹으며
곰삭은 묵은지 향기가 우러나면
봄이다

여기저기
새들이 짝짓기 하려고
유난히 야단법석이면
봄이다

내 마음
금세 넘어간 두어 장의 달력에
깜짝 놀라며
새로운 각오를 다잡으면
봄이다

목련의 봄나들이

어제는 수줍은 듯
다소곳하던 목련이

밤사이 활짝 피었다

수줍음은 아랑곳하지 않고
서로 서로
뽐내기 바쁘다

패션쇼하듯
요리조리 뒤뚱거리는 너

봄나들이 가는 양
마냥 즐거운 표정이구나.

누구나 시인

하늘은 파랗다
바다도 파랗다

하늘은 끝이 없다
바다도 끝이 없다

하늘은 넓다
바다도 넓다

하늘의 하얀 구름과
바다의 하얀 파도는
무한한 상상의 세계다

아름다운
하늘과 바다를 보노라면
누구나 시를 쓰고 싶어진다.

어릴 적엔 나도 그랬다

아궁이의 행복

추운 겨울
아궁이는
무한의 행복이다

고사리 같은
손을 녹이며
기다리는 군고구마

코를 씰룩거리며
익어가기를 고대하는
쑥떡

부뚜막 강아지도
참지 못하는
굴비 익는 소리

폭탄 터지듯
요동치는 군밤들

이 모든 게
아궁이가 주는
행복 아니던가.

약속

하얀 눈밭엔
애기동백

담장 아래엔
매화
꽃들이

추위를 뚫고
나온 이유를 아시나요?

작년 이맘때
다시 온다는 약속을

꼬옥 지키려고
왔답니다.

보리피리

보리 줄기 뽑아
지긋이
깨물기만 하면 된다.

바람 따라
박자에 맞춰 춤을 추는
보리밭

오늘은
영글어 가는
보리밭에
가보아야겠다

주인 몰래
딱 한개만
한 개 만이다!

딱따구리

하루도 쉬지를
않는 너

어제도 딱딱
오늘도 딱딱

근데 친구는
너의 입이 걱정이란다.

내 몸이 부서지더라도
기어이 구멍을
내겠다는 너

집에 있는 새끼들도
중요하지만

친구야!
난 네가
걱정된단 말이지

아이스크림 하나

더운 여름날

꿈에 그리던
아이스크림
하나

우리 아이 사이좋게
나누어 먹으려다

맨땅에 떨어뜨려
한없이 울었다

오메 내 새끼들
이를 어쩌나!

설레는 명절

세 밤만 자면
추석이다

내일은
추석빔 사주시겠지!

추석날은
얼마를 모을 수 있을까

말똥말똥
잠 못 자는
우리 공주님

어여 주무세요.

홍시는

홍시는
창고 항아리에
지긋이 숨겨놓은

할머니의
손주 사랑이
생각나는

물컹하고
찐한 그리움이다

군고구마

고구마는
부뚜막에서
구워 먹어야 제맛이다

얼굴이
숯검댕이로 물들고
입안이 홀라당 데여도

밤 맛 같은
그 달콤함에

귀여운 우리 아이
마냥 즐겁고

부뚜막 강아지는
침을 줄줄!

봄나들이

누이 따라

송아지랑
봄나물 캐러
가던 날

송아지는
맛난 풀을 뜯으며
꼬랑지를
정신없이 흔드네.

네가 나보다
봄을 더 좋아하는 가베

벚꽃이야 LED야?

벚꽃이
스스로 빛을 발하여

가로등처럼
길을 비춘다.

수많은 LED등
때문에

온 세상과
내 마음까지
하얗게
물들어 버렸다.

아가의 윙크처럼 천진한 동시가 건네는
삶의 위안과 깊이

이경철
(문학평론가·전 중앙일보 문화부장)

한 발자국만/옮겨봐//손가락 하나만/뻗어봐//내가 너이고/
네가 나인걸//우리 사이에/경계란//아무것도/아닌 것을 ―「경
계」 전문

동심의 세계를 추억이 아니라 오늘에 살게 하는 동시

강상구 시인의 두 번째 동시집 『아가의 꿈』은 이물감 없이 우리
마음에 척척 달라붙는다. 배우고 분별하고 생각하고 깨닫고 하는 학
습이나 교양 다 떨쳐버리고 본 대로, 느낀 대로의 마음 그대로를 드
러내고 있다. 그래서 쉽고 진솔하게 우리 마음 그대로의 천진(天眞)
에 와닿는다.

천진은 모든 걸 다 분별없이 껴안는다. 너도 나도, 못난 것도 잘난

것도, 착한 것도 악한 것도 차별 없이 다 한마음으로 받아들인다. 이 분법에 절은 언어와 교양과 우리네 사회제도를 다 뛰어넘어 단박에 우리를 어머님 품속의 어린아이로 돌려놓는다. 그래 동심은 곧 그런 천진이란 걸 『아가의 꿈』에 실린 좋은 동시들은 잘 보여주고 있다.

천진이 무엇인지 온몸과 마음으로 분명히 깨치고 그러한 천진이 이번 동시집을 대표하고 있는 것 같다. 맨 위에 인용한 시 「경계」를 다시 한번 보시라. '너'와 '나'를 나누던 경계가 자연스레 없어지지 않는가.

그러나 경계 없애려 손을 내밀고 한 발자국 떼기가 어디 그리 쉽던가. 동심을 떠나 사회에 편입된 후 아등바등 살아온 우리에게 경계는 이미 우리 몸과 마음에 밴 훈습(熏習) 아니던가. 그런 훈습을 털고 저절로 찬란하고 의연한 대자연과 같은 본래의 마음, 동심으로 돌아가 천진의 세계를 펼치고 있는 동시집이 『아가의 꿈』이다.

강 시인은 2015년 〈아동문학세상〉 신인상 동시 부문에 당선돼 등 단했다. 이듬해 동시집 『아기별 탄생』을 출간했다. 강 시인의 동시 편들은 "그의 시를 읽으면 시냇가의 송사리, 파란 하늘, 진한 풀 내 음 등 어릴 적 추억과 다시 마주하게 되고, 그때 느꼈던 감촉과 느낌 이 되살아 난다"는 평을 듣고 있다.

『아기별 탄생』은 일본어로 번역되어 일본 오사카의 어린이들에 게 전달되기도 했다. "어른들의 세계에 비해 동심의 세계는 더욱 빨 리 친해질 수 있다"며 "순수한 아이들의 눈으로 바라보면 해결되지 않을 일, 이해되지 않을 일이 없을 것"이라며 강 시인이 한일 친선을 위해 전달한 것이다.

마을 뒤/뚝방길엔//하아얀 꽃비가/내립니다.//두 팔 벌려/천진난만/온

몸을 적시니//어느새/나는 꽃이 됩니다./꽃은 내가 됩니다. - 「꽃비」 전문

아름답거나 가슴 아프거나 하는 생각은 하나도 없는 시다. 천진난만하게 모든 것과 하나가 되는 행동만 있는 즉물적인 시다. 그런데도 아무런 생각 없게 몸에 척척 안겨 오는 시다. 비가 온몸에 적셔오듯 꽃이 우리 마음을 적셔오는 시다.

아니 꽃과 내가 그대로 하나가 되고 있는 시다. 어디 꽃뿐이겠는가. 마을과 뚝방과 꽃나무와 길과 내가 하나가 되고 있다. 대자연과 그대로 하나인 동심, 천심이 그대로 드러난 시다. 대자연과 하나 돼가고 있는 과정을 아주 자연스레 드러낸 시로도 읽힐 수 있다.

슬슬 외출을/준비해 볼까//고개 살짝 내밀어/염탐해 봅니다.//아잇 추워/며칠 더 기다려야지//따스한 해님이/반겨주시면//저고리 꽃단장/나들이 갈래요 - 「목련의 꿈」 전문

꽃샘추위에 필 듯 말 듯한 목련꽃을 소재로 한 시다. 제목 '목련의 꿈'처럼 '목련'을 화자(話者)로 내세우고 있다. 시인과 대상의 마음이 일치됐을 때 대상이 직접 시를 쓰게 할 수도 있다. 그러나 어른들의 시에서는 시인의 감정이 그 대상에 이입될 수밖에 없다. 해서 대상 자체를 떠나 시인 마음대로 강제할 수 있는 게 소위 감정이입의 비유법이다.

그러나 위 시에서는 그런 감정이입의 강제를 느낄 수 없다. 꽃샘추위에 떠는 꽃이 아니라 따스한 햇살에 꽃 피기를 바라는 시인의 마음과 목련꽃 마음이 그대로 일치하고 있다. 그런 자연스러움, 천진스러움에 이르기 위한 시인의 각고는 어디에도 안 비치는, 가위

'천의무봉(天衣無縫)' 시법(詩法)이 돋보이는 시다.

세찬/비바람에도/쑥//햇님의/사랑을 받아/쑥//자고 일어났더니/또 쑤

욱–쑥//매일매일/다르단 말이지/넌//바로 너 말이야 –「쑥」전문

봄볕이 쬐면 아무 데서나 언 땅을 뚫고 쑥쑥 잘 돋아나는 쑥을 소
재로 한 시다. 그러면서 쑥쑥 커가는 '쑥'이라는 말의 음상이 이끌며
재미있으면서도 의미 있게 나가고 있는 시다.

어디 이른 봄날 쑥만 쑥쑥 자라는가. 어린이들도 자고 나면 하루
가 다르게 쑥쑥 커가고 있지 않은가. 그런 어린이, '너'에게 다 크고
자란 어른인 시인이 주는 시다. 그런데도 무슨 교훈적인 느낌은 전
혀 안 들게 아주 자연스러운 동심에서 재밌게 우러나서 어린이가 읽
어도, 어른들이 봐도 참 좋은 시다.

첨벙첨벙/저리 가 아가야//철썩철썩/빨래 젓기에 바쁘신데//동그란 비

눗방울에/빠져 노는 아이들//엄마는 맘이 급한데/아는지 모르는지//얼

른 가서 우리 아가/밥해야 하는데//아무것도 모르고/천진난만 첨벙첨벙

–「냇가 빨래터」전문

제목처럼 냇가 빨래터 풍경을 그린 시다. 엄마는 부지런히 빨래하
고 아이들은 냇물에 뛰어들어 비눗방울과 함께 놀고 있는 풍경이 있
는 그대로 그려지고 있다.

그런 자연스러운 풍경에 마음이 아는지 모르는지 끼어들고 있다.
아니 끼어드는 게 아니라 자연 풍경과 마음이 그대로 하나가 되고
있는 시다. 아는지 모르는지 아무것도 모르는 '천진난만'은 분별이

며 경계가 없는 세계다.

풍경을 그리고 마음을 내고 있는 시인이 그런 천진난만한 대자연과 일치하고 있다. 삼라만상을 다 껴안고 넓게 보는 마음에 경계가 있을 수 없다. 순리를 다 알면서도 아는 듯 모르는 듯 자연스러운 게 천진이고 아는 게 없고 철이 안 나 자연스러운 게 동심 아니던가. 철이 났음에도 천진스러운 동심으로 돌아가 시를 쓰는 시인의 마음이 잘 드러난 시다.

딸랑딸랑 한들한들/여유롭게 주인 따라//건들건들 촐랑촐랑/장난치며 언니 뒤를//엉금엉금 슬렁슬렁/호랑이를 흉내 내다//이놈 한번 맛 좀 봐라/개구쟁이 돌팔매질//아이고야 똥개 살려/나 살려라 성아야~ ─「강아지풀」전문

무리 지어 피어올라 바람에 한들거리는 풀 이름이 왜 '강아지풀'인지를 환히 드러내고 있는 시다. '딸랑딸랑 한들한들', '건들 건들 촐랑촐랑' '엉금엉금 슬렁슬렁' 등의 의태어, 의성어들이 강아지풀과 강아지를 그대로 함께 떠오르게 한다.

그러다 후반부에 들어서는 그런 강아지풀과 강아지에 시인도 그대로 하나가 되어 끼어들고 있는 시다. '나 살려라 성아야~'라며 화급했을 때의 동심을 자연스레 소환하며. 그래 강아지풀, 강아지, 시인이 분간 없이 한 몸이 되어 아주 역동적이면서도 재밌게 읽히는 시다.

"나의 살던 고향은 꽃 피는 산골/복숭아꽃 살구꽃 아기 진달래/울긋불긋 꽃대궐 차리인 동네/그 속에서 놀던 때가 그립습니다." 어린이 어른 할 것 없이 지금도 여전히 많이 부르며 향수와 동심에 젖게

하는 국민동요 「고향의 봄」이다.

어릴 적 고향에서 복숭아꽃, 살구꽃, 진달래 등 그 모든 것들과 한 몸이 되어 뒹굴며 살던 동심의 개인적 신화시대의 기억을 우리는 누구든 갖고 있다. 그러다 철들어 고향 떠나 사회에 편입돼 아등바등 사는 우리는 오늘도 그 순정한 시절을 꿈결 마냥 회억(回憶)하고 있지 않은가.

강 시인의 동시집 『아가의 꿈』는 동심의 순정한 세계를 추억이나 회억 차원이 아니라 오늘에 생생히 돌려주고 있다. '그립습니다'며 그리워하는 것이 아니라 역동적인 행동으로 오늘을 살아가게 하고 있다. 그리고 독자 여러분께 그런 생동하는 동심을 즉각적으로 불러 일으키게 하고 있다.

모든 걸 깨달으며 다시 동심이 돼가는 허정한 깊이

밤사이/분명 누가 그린 거야//짙푸른 소나무/연녹색 상수리나무/보랏빛 오동나무 꽃//종달새의 발자국//아 거기에/새들의 지저귐 소리까지//넌 누구니? ─「뒷동산 풍경화」전문

아침에 일어나 맑은 눈으로 어둠에 씻긴 뒷동산을 바라보니 모든 게 새롭게 보인다. 한 폭의 풍경화처럼 사물들의 정수만 도드라져 보인다. 그래서 제목도 '뒷동산 풍경화'로 달았을 것이다.

그 풍경화는 눈으로 그린 그림만은 아니다. '종달새의 발자국'이라는 촉각에 '새들의 지저귐'이라는 청각 등 온몸의 감각이 총동원된 공감각으로 그리고 있다. 그렇게 어린 시절에는 마음이 아니라

온몸으로 대자연과 즉물적으로 어우러졌었다.

그러다 잡다한 마음, 너와 나를 가르는 분별이 생기면서부터 그런 동심의 세계를 떠났다. 위 시의 시안(詩眼)은 한 행을 한 연으로 잡은 마지막 연 '넌 누구니?'라는 물음에 있다. 그렇게 순정한 세계의 풍경화를 그린 대자연, 혹은 그런 동심을 '누구냐?'고 물으면서부터 우리는 그것들을 떠나지 않았던가. 그러나 시인은 또다시 그렇게 물으면서 동심으로 돌아가 시를 쓰고 있는 것이다.

억새/사이사이로//요리조리/숨바꼭질하는/참새 떼//짹-짹-짹-짹/나 잡아봐라!//아무 고민 없는/너희는//방학 숙제도 없니? ―「숨바꼭질」 전문

풀숲에 숨어 즐겁게 놀고 있는 참새 떼를 그린 시다. 그런 참새 떼를 제목처럼 '숨바꼭질' 놀이하는 것으로 보고 있다. 동심에서는 모든 게 다 놀이다. 일하는 것마저 놀이로 볼 정도이니. 그래 이번 동시집에는 놀이, 유희 정신이 끌고 가는 시편들이 눈에 많이 띈다.

위 시의 시안도 한 행 한 연으로 잡은 마지막 연 '방학 숙제도 없니?'라는 물음에 있다. 이 물음이 시를 아연 해학적이면서도 깊이 있게 만들고 있다. 현실적 사회의 이러저러한 숙제를 내려놓고 '아무 고민 없는' 동심으로 돌아가려는 시인의 안타까운 심사도 그 물음에는 표나지 않게 묻어나고 있지 않은가.

뭐가 그리 바쁘신지/잠도 못 주무시고//뭐가 그리 바쁘신지/새벽 기차에서 쿨쿨//뭐가 그리 바쁘신지/쉬지 않고 달리시는//뭐가 그리 바쁘신지/우리 잠든 시간에//뒤꿈치 치켜들고/도둑처럼 들어오시네.//아빠!/오늘은 고만 쉬세요. ―「아빠」 전문

표면 문맥상으로는 어린 아들이 어제도 오늘도 항상 바쁜 아빠를 걱정하고 위로하며 쓴 시다. '뭐가 그리 바쁘신지'를 반복, 또 반복하며 그런 아빠를 좀 쉬시라 하고 있지 않은가.

그러나 다시 보면 시인이 어렸을 적 바쁜 아빠를 추억하며 쓴 시로도 보인다. 아니 오늘의 시인 자신을 아들 눈으로 바라보며 쓴 시로 읽어도 좋을 것이다.

여하튼 과거의 추억과 오늘, 시인과 아들이 동심으로 일치돼 쓰고 있는 시다. 그래 강 시인의 동시 편들은 추억의 소환으로 고리타분하지 않고 어린이, 어른 구분 없는 지금 이곳의 생생한 동심으로 신선하게 읽힌다.

> 난 너의/비밀을 알고 있지//너도 나의/그 은밀한 비밀을/기억할까//초딩 시절/두 줄 흐르는 콧물과//수업 시간 실례한/부끄러운 역사를//그러기에 우린/동창생이라네.//친구여/우리끼리만 알고/끝까지 갈 수 있을까? ─ 「동창생」 전문

'초딩 시절' 추억이 모티브가 된 시다. 어린 시절 부끄러워 감추고 싶었던 일들이 새삼 떠올라 이 시를 썼을 것이다. 그러면서도 그런 '비밀'을 서로서로 감싸주는 마음, 동심이 끝까지 갔으면 하는 바람, 동심의 영원성을 시인 스스로 새기고 있는 시로 읽을 수 있다.

이렇게 이번 동시집 『아가의 꿈』에는 동심의 현재화를 넘어 동심이 영원화되고 있다. 어린이가 아니라 한세상 잘 살아나가는 어른으로서 붙잡은 동심이기에 즐겁고 밝고 맑으면서도 허정(虛靜)한 깊이를 느낄 수 있다.

투명한 거울 속/귀여운 얼굴//두 손 모아 뻗치어/한번 잡아볼까?//소꿉친구 순이의/투명한 마음처럼//금세/잡힐 듯 말 듯/장난꾸러기 ─「개울 속에」전문

거울처럼 맑은 개울물 속에 비친 얼굴을 잡고 또 잡아보려는 놀이를 쓴 시다. 어릴 적 개울가에서 그런 놀이 많이 해봤을 것이다. 심심하면 혼자서, 혹은 순이랑 같이 서로의 얼굴을 훔치려는 장난 놀이 말이다.

그런 놀이를 그린 시이면서도 읽다 보면 사춘기적 순정이 배어 나오기도 하는 시다. "동그라미 그리려다 무심코 그린 얼굴/내 마음 따라 피어나던 하얀 그때 꿈을/풀잎에 연 이슬처럼 빛나던 눈동자/동그랗게 동그랗게 맴돌다가는 얼굴"이란 가요가 떠오르기도 한다.

티 없이 맑은 동심으로 쓴 시이지만 순정의 사춘기 지나 연애의 쓴맛 단맛 다 겪고 난 후 한 깨달음의 마음으로 쓴 깊이까지 지니고 있다. 한 생이 일장춘몽(一場春夢)의 놀이, 장난꾸러기라는 투명한 마음의 깊이까지 잡힐듯한 시다.

"산은 산이요 물은 물이로다." 크게 깨우진 스님이 일갈해 일반에게도 널리 알려진 말이다. 어린이 눈에는 분명 산은 산이요 물은 물로 보일 것이다. 그럼에도 세상 지식에 물들어가며 우린 산은 산이 아니요 물은 물이 아닌 걸로 보며 자신의 그 알량한 지식을 얼마나 내세워 왔던가. 그러나 모든 걸 깨달은 맑은 눈으로 다시 보니 산은 산이요 물은 물이라는 것이다.

그렇듯 이번 동시집『아가의 꿈』에 실린 동시 편들은 아무것도 모르는 동심이면서 모든 걸 깨달은 동심으로 쓰였다. 그래 어린이가 읽어도 좋고 어른들이 읽어도 딱 좋을 시편들이다.

동심과 도통(道通)을 하나로 잇는 천의무봉 동시법

벚꽃이/스스로 빛을 발하여//가로등처럼/길을 비춘다.//수많은 LED 등/ 때문에//온 세상과/내 마음까지/하얗게/물들어 버렸다. ─「벚꽃이야 LED야?」전문

벚꽃이 활짝 피면 밤에도 환하다. 벚꽃이 가로등처럼 발광하는 현장을 그린 시다. 그냥 그 현장만 그대로 그리고 감상이나 딴생각은 멈춰버리고 있다. 그리고 그런 밤에 즉물적으로 느낀 마음만 진솔하게 그리고 있다.

그래서 동심 그대로를 드러낸 좋은 동시가 되고 있다. 느낌의 미화나 과장, 그리고 의미 부여가 없어서 좋다. 그럼에도 마지막 연에서 '온 세상과/내 마음까지/하얗게/물들어 버렸다'며 우주 삼라만상과 그대로 일체가 되는 지경을 순하게 드러내고 있다. 동심이면서도 도통해 가는 마음을 동시에 드러내는 꾸밈없는 듯 꾸미고 있는 시법이 일품이다.

거실에//깊게 주름진/늙은 호박 하나가/자리했습니다.//껍질을 벗겨//맛있는 호박죽과/호박떡을 만들어 먹던/기억이 납니다.//따스한 아랫목처럼//부모님의/지긋한 사랑이/생각나는 겨울이/다가옵니다. ─「늙은 호박 하나」전문

본문대로 거실에 늙은 호박 하나 있는 풍경과 그것을 바라보는 마음을 담담히 그려놓은 시다. 아이들 마음으로 아이들을 위해 쓴 동시로 보긴 좀 그렇지만 시인이 동시를 쓰는 마음과 자세를 들여다볼

수 있게 하는 시다.

지금 여기 거실에 있는 늙은 호박을 바라보며 시인은 어린 시절로 돌아가 동심을 소환하고 있다. 가족들이 모두 하나로 모여 호박죽과 호박떡을 맛있게 먹던 기억. 그리고 그렇게 분리감 없이 하나로 어우러져 따스했던 사랑의 동심. 그런 동심을 소환해 오늘과 그리고 내일로 이어지게 하고 있는 것이다. 동심으로 살아가는 눈과 마음에서 항상 새롭게 시가 솟구치고 있어 과거에 매몰되지 않고 역동적이고 새롭다.

　잔잔한 호수 위에/돌을 던지면//풍덩 풍덩 놀란 듯/수많은 동그라미의 파장//잔잔히 불어오는/봄바람에는//은은하게 넘실거리는/은빛 비단 물결//자연의 섭리에/거스르지 않고//바람에/주어진 운명에/순응하는 호수의 물결처럼//모든 슬픔과 기쁨/너와 나를 포용하며/살고 싶구나.// 호수 한가운데 오리는/예쁜 궁둥이를 하늘로 하늘로/무얼 찾고 있느뇨.
　―「호수의 물결」 전문

동심으로 사는 즐거움을 동시 풍으로 드러내고 있는 시다. '모든 슬픔과 기쁨/너와 나를 포용하며/살고 싶구나'라며 이번 시집에서는 보기 드물게 동심의 즐거움이란 주제로 표나게 직접 드러내고 있다.

동심은 모든 걸 포용하며 하나로 본다. 너와 내가 따로 없고 슬픔과 기쁨의 분별이 없다. 그래 동심은 너와 나, 상극마저도 혼재된 혼돈과 같다. 그런 혼돈을 타파하고 우리는 성인 사회, 문화 문명 세계로 들어온 것이 일 개인은 물론 인류 역사의 통과의례 아니겠는가.

그러나 다시 생각해 보자. 대자연과 한 몸으로 어우러져 기쁨도 슬픔도 모르고 살던 동심의 고향과 오늘날 서로 나뉘어 아등바등 살아가는 문명사회의 오늘 중 우린 어느 시절, 어떤 삶을 더 바라고 있는가.

오늘의 삶을 바쁘게 살면서도 우리네 유전자, 꿈속에서는 대자연과 순응해 하나로 살아가던 그 시절을 더 그리워하지 않던가. 그래 오늘도 많은 시편이 그런 시절의 복낙원(復樂園)을 꿈꾸며 쓰이고 있지 않은가. 그런 시의 고향은 동심이고 동시일 것이고.

강 시인의 동시들은 실낙원(失樂園)에서 복낙원을 살아가는 동심의 시편이다. 어린이의 순진무구한 동심이면서 문명의 한 세상 살아가며 다시금 깨친 동심이다. 마지막 연 '호수 한가운데 오리는/예쁜 궁둥이를 하늘로 하늘로/무얼 찾고 있느뇨'를 보시라. 도저한 순진무구한 동심과 다시 그 너머 도통으로 향하는 동심이 절묘하게 하나되어 있지 않은가.

하늘은 파랗다/바다도 파랗다//하늘은 끝이 없다/바다도 끝이 없다//하늘은 넓다/바다도 넓다//하늘의 하얀 구름과/바다의 하얀 파도는/무한한 상상의 세계다//아름다운/하늘과 바다를 보노라면/누구나 시를 쓰고 싶어진다.//어릴 적엔 나도 그랬다 – 「누구나 시인」 전문

제목처럼 동시가 나오는 마음을 그렸다. 하늘, 구름, 바다, 파도를 바라보며 느낀 마음을 그대로 쓰면 시가 되니 누구든 시를 쓸 수 있다는 것이다. 글이라는 것은 곧 대상을 그대로 드러내는 기호, 천문지도(天文之道)와 같기 때문이다.

위 시 앞 구절을 보며 어린 아들을 산야로 데리고 다니며 말을 가르치던 기억이 떠오른다. 하늘을 가리키며 '하늘은 파랗다'고 하고 또 막 모심기를 마친 논을 가리키며 '벼'라고 가르치니 아들이 '벼도

파랗다'고 했다.

'도'라는 조사를 쓰며 문리(文理)를 자연스레 깨치는 걸 보고 우주가 기우뚱하는 충격과 함께 글에 대해 다시 생각하게 됐다. 우리가 쓰는 글이란 이렇게 천지의 도를 순하게 잘 전하고 있으니 말이나 글을 가지고 까불어서는 안 되겠다고.

동심은 그렇게 있는 그대로 보고 보인 대로 느낀 대로 쓴다. 그래 천지의, 자연의 도에 순응한다. 그래서 서정주 시인은 자신은 '자연의 대서쟁이'라고 하지 않았던가. 그러니 동심이면 누구나 시인이라고 위 시는 자신 있게 제목으로 말하며 그런 시를 쓰고 있다.

아가의 윙크가/내 맘을 녹인다.//아이스크림같이/달콤한 너의 윙크//

정신이 없다.//오늘 하루의/엔도르핀이다. ―「윙크」 전문

짧고 쉽고 진솔해서 참 좋은 동시다. 아가의 윙크를 받고 직격해 온 한순간의 느낌을 현재진행형으로, 아니 영원한 진행형으로 쓰고 있다. 동심에는 생각할 겨를이 없다. 즉물적이다. 일상사의 이런 생각 저런 걱정 다 녹여버리고 대자연의 현상처럼 있는 그대로의 본디 마음이 동심이다.

좋은 동시를 읽으면 아가의 티 없이 맑고 고운 윙크를 받듯 아픈 맘 다 녹아내리는 엔도르핀이 생성된다. 『아가의 꿈』에 실린 좋은 시편들은 독자들께 그렇게 동심으로 윙크를 보내고 있다. 이래저래 아프고 고달픈 오늘 우리네 삶에 순정하고 행복한 엔도르핀을 불어 넣어 주고 있다.